KB076955

우포 주막

人人 **사십편시선 021**

김민곤 시집

우포 주막

2016년 3월 14일 제1판 제1쇄 발행
2016년 4월 11일 제1판 제2쇄 발행

지은이　　김민곤
펴낸이　　강봉구

편집　　　김윤철
디자인　　bonggune
인쇄제본　(주)아이엠피

펴낸곳　　작은숲출판사
등록번호　제406-2013-000081호
주소　　　10880 경기도 파주시 신촌로 21-30(신촌동)
전화　　　070-4067-8560
팩스　　　0505-499-8560
홈페이지　http://cafe.daum.net/littlef2010
이메일　　littlef2010@daum.net

ⓒ 김민곤

ISBN 978-89-97581-94-8 03810
값은 뒤표지에 있습니다.

우포 주막

김민곤 시집

작은숲

| 시인의 말 |

1986년 5월 10일 교육민주화선언 서울지역 교사대회 뒤풀이에서 즉흥시 「교육민주화를 위한 비나리」를 발표한 후 나에게 시는 딴 동네 일이었다. 물론 30년 동안 이런 저런 성명서, 고천문, 추도사 따위를 여럿 썼지만 언감생심 본격적으로 시를 써 보겠다고 마음먹은 적은 없었다. 그러다가 최근 '얼숲 벗님들'에게 이런 저런 댓글을 달아 주면서 노는데 이왕이면 시의 형식을 빌려 놀아 보자며 써 본 것이 200편이 넘었다.

프랑스 시 강독 시간에 "시는 시인과 독자 사이에 영혼의 울림이 있을 때 빛난다"고 배웠다. 독자보다 내가 먼저 떨린다. 시를 함께 고른 조재도 시인과 해설을 써준 김진경 시인, 서둘러 발간해 주신 작은숲 출판사 강봉구 사장에게 고마움을 전한다.

제1부 춘분 감기

제2부 가시리 고사리

제3부 동강, 할미꽃

제1부

춘분 감기

봄

저기 좀 보아라
봄은 올해도 아랫마을
청보리밭 뒤흔들고 온다
보드라운 모반의 몸짓

얼음 아직 풀리지 않아
바람은 갈피 잡지 못하고
먼지 자욱한 보릿고개 너머로
미처 죽지 못한 것들
미친 듯이 머리 풀고 분다

때때로 돌개바람 스치는 시내
마른 갈대 숲 소스라칠 때
긴긴 겨울 참 오래도 참았나
참마자 각시붕어 무리 지어
오도 방정 팔도 떼 방정을 떨어

봄볕 찬물 속 비늘 가득 반짝인다

봉기하는 봄이다
강가 버들가지마다 물오르듯
우리 보살 보리암에도 단물이 올라
축 처진 반야봉도 봉긋 솟고
두 볼 둔덕에 복사꽃도 활짝 피어
자다가도 자네 벌떡 일어날 봄

그래 여기 봄이 왔단 말이다.

입덧

이리 서두를 줄 알았으면 기다리지 않을 것을
지난밤 뒷집 목련 목 놓아 우는 소리 듣고도
우듬지에 겨우 벌린 것들 꽃등에 들기도 전에
씨받은 앵두꽃 몰래 어지럽게 날릴 줄 몰랐다

떨어진 것들은 땅 위에서 아무렇게나 시들고
샛서방 담 넘는 소리에 다섯 달 배 불러올 때
들큼한 살찜보다 시큼한 묵은지에 눈이 더 가서
달래 냉이 씀바귀 묽은 장 풀어 놓고 부르지

주먹 쥐어 짜릿한 아픔의 기억은 아득하고나
빼거나 더하거나 세월은 덧없이 흘러가리니
어느 길모퉁이에 향불 덫 피워 놓고 기다리나
사랑아, 가는 봄 무릎걸음으로 기어가리니

춘분 감기

해마다 이맘때면
온 동네 애 어른 할 것 없이
몸뚱이 불덩이가 되는 것은
가녀린 햇볕에 뜨거운 손 내밀어
겨우내 얼어붙은 들판
포실포실 풀어내 보려는 것
그리하여
잠자는 씨앗들 보듬어
깨우려는 것
높은 가지 끝까지
따뜻한 기운 올려
잎눈 꽃눈 배시시
틔워 보려는 것

상추쌈 먹고 딸부자

길거리 어여쁜 딸래미들 덩달아
살집 좋은 엄마 치마도 짧아질 때
집집마다 빈터 화분에 심은 상추
야들야들한 이파리만 길어진다

늦은 봄 아무렇게나 부은 씨앗들
한 참에 싹이 터 몸부림칠 때
이슬 맺힌 속잎 솎는 손가락에
놀란 속살 살짝 소름 돋는다

홀딱 벗어젖혀도 시원찮을 한낮
마실 나가는 그 집 딸들
속 비치는 한두 낱 상추 잎으로
아담한 엉덩이 가리고 나선 뒤다

시아버지 며느리 점심상 놓고 앉아

입 찢어지게 눈 부릅뜨고 악을 쓸 때
부뚜막 조왕신 솥뚜껑을 타고
깜짝 놀란 삼신할미 담을 넘는다

하지 감자

이 땡볕에 뭘 하나
남 말 하지 말고
단내 오르는 감자밭에나 엎드려 봐
꽃은 지고 무성하던 잎들 단풍 들어
해도 긴 하지 감자는
초여름이 가실이라네

춘분에 넣은 싹눈
고생했다 치사하고
천지신명 전에 치성도 올린 다음
호미질 조심조심 지심 사이 헤집으면
노다지 만난 금점꾼
네 마음이 내 마음이네

하지 감자 캐는 날
새참은 무슨 새참

잘난 놈 못난 년 햇감자나 한 솥 쪄서
뚜껑 열면 해 아래 절로 터진 함박웃음
솥 안에 황금알 그득히 웃느니
한 입 먹다 입천장 벗겨지나
후줄근한 홑저고리 고름 벗어지나

따분한 가시버시 으이그
이 더위에 심심파적 무얼 할까
얼씨구나 웃통 홀딱 벗고 자시고
하지 감자나 한 솥 삶아 보시든지
끌리거나 꼴리거나
무르팍 홀딱 벗겨지거나 말거나

잠꼬대

화백 소치나 대치 선생
때 이른 봄볕에 자울자울 조시다
붓 세우듯 부스스 일어나더니
달걀로 바위를 치듯
목포 유달산을 치시다가
잠시 붓을 벼루에 걸쳐 놓고
남해 유자차 한 모금 하시고
먹도 갈고 자리도 까는
삼월이 허벅지를 베고 누워
붓 닮은 수염 쓰다듬더니
에헴 헛기침 돋운 뒤에
말씀하시었다

내 그림 모르는 사람들
그 시절 그리워라고
이상화는 여제라 하고

김연아는 여왕이라 한다
그러니 얼음공주랑 한 짝이다
그렇다고 민주공화국이 자른
거 머시냐 빅토르 안더러
짜르라 부르지 않느니라
알아듣겠느냐?

삼월이 식은 보리밥 덜 삭아
눈치 없이 나오는 방귀 붙드느라
아래 똥꼬 쫙 오므리고
입술은 지그시 깨물며
고개 숙여 답하였다
나으리 그러하오면 소녀
어느 하늘에 면천을 하오리까?

데끼년 붓이나 빨지 못할까?

입추

그 여름에도 난리 아직 끝나지 않았다

산과 들에 오만 곡식과 열매들이
이 불볕더위를 즐기는 까닭에
지금껏 그대의 사랑으로 살아온 나는
차라리 한 마리 유지매미가 되어
떠나려는 너의 두 귓불에
이제 매달리려 한다

지난밤 네 흘린 땀은
아침 밥상 위에서 방아 향기로 감돈다
아아, 나는 아욱 꽃 닮은
네 속눈썹의 떨림을 잊지 못하리라

열대야로 잠 못 이루는 밤
풍뎅이 물방개 날개 도래짓에

참깨 들깨 자지러질 때
정미네 고추밭도 익을 만큼 익었다

함부로 성내지 않으마
너희들 난리통이 우리의 잔칫상이니

나무 타령

미더운 소나무
소나기 만나 미소 짓는
초여름 녹음 속
잎새에 듣는 빗방울 모아
나무들 소리 담는다.

낮에는 밤나무
밤에는 등나무
배고파라 이팝나무
눈물겨운 조팝나무
나눠먹자 싸리나무
한 젓가락 국수나무
잘생겼나 모과나무
돈 많다 은행나무
삼년대한 가문비나무
마른 논에 물푸레나무

시집살이 층층나무
엎드려서 비자나무
벗고 놀자 옻나무
아무데나 버드나무
뇌물 먹는 오리나무
벗겨라 내 가죽나무
뽑아라 내 등골나무
대목 손에 자귀나무
여기 저기 피나무

남은 나무라도
이제 그만 치자나무

고욤나무 밑에서

열매마다 씨 여무는 가을에는
아무 데나 시정이 익고
노래마다 절창이 되어
누구나 등단하기 쉬운 계절

소슬한 바람에도 홍시 떨어지니
소심한 시인이여, 그대 할 일은
자줏빛 터진 고욤나무 밑에
고요히 입을 벌리고 누워
세 치 혀로 까만 씨를 바르는 것

볕바른 바람벽에 기댄 우리 아버지
초가삼간 이엉 한 단 엮으시듯
겨울 노래 한 자락 그려내는 것

겨울 노래 한 자락 엮어내는 것

부고

시인도 세상을 뜨네
뜨내기로 굴러온 길에서 만난
돌멩이 질경이 어쩌라고
주막 멍석 퍼질러 쏟던
맛난 술지게미 한 사발 어쩌라고

무턱대고 주무르다 벌주 한 동이
턱밑으로 훔쳐 먹던 주모 엉덩이 실룩
부뚜막 아랫목 절절
비루먹은 강아지로 한 오백 년
버나잽이 접시나 돌리다가
오줌 한 줄기 질금
미운 놈 아가리에 갈길 줄 알았더니

빌어먹을 세상, 없는 길 찾아
하나 둘 시인도 술상을 뜨네.

김장 2

잘 죽었다 숨 아이구 허리야 속 넣는 거보다 씻는 게 일 이라카이 속을 그리 문때는 기 아이고 머리끄댕이 잡드끼 이리 탁 꺼꾸로 잡고 세워 한 이파리 닙히고 살짝 넣고 또 한 잎 닙히고 슬쩍 밀어 넣고 너무 많이 넣으모 지저분해 져 옳지 그렇지 갈치는 두 토막씩 넣어라 우리 사우 잘 하네 잘 배워도야 돼 내가 천 년 만 년 할 것도 아이고 내년에 또 담는다 장담 못하지 부르모 가야니깨내 글고 우리 김치 맛있다고 화토 치는 할매들이 환장 한다… 아이구 에미야 콧물 떨어질라칸다 얼른 좀 닦아주라 휴우— 등 좀 긁어라 거기 말고 좀 우에 아이고 좀 옆에 그래 거기 아이고 시원 타… 양념이 간이 딱 맞네 배추도 꼬시고 생새우 많이 넣 어서 달다 수육 삶은 거 좀 썰어 갖고 와봐라… 아부지는 해방 되고 일 년이나 있다가 들어 오셨제 왜정 때 칼 차고 한 번 들어왔는데 군수고 면장이고 다 벌벌 떨었다등마 내 하나 달랑 낳고 울 어마이랑 이혼하고 그렇제… 아이고 우 리 사오 야무지게 싸네… 사람들이 찾아와서 같이 일하자

케도 꼼짝 안 하시데 세상 어지러운데 뭐 하겠나 술만 자시다가 쉰일곱에 가셨다 아이가 올케가 살림이 야물딱지지 않아 우리 어마이 돌아가셨는데 전화도 한 통 안 하고 백세 살에 잘 가셨지 뭐 구십 넘어서까지 담배도 피웠어… 내 열아홉에 시집이라고 갔더만은 아무 것도 없어 성질은 지랄 그 빌어먹을 영감 꼴도 보기 싫다 일본 가서 딴 여자 만나 아이들도 낳았단다 다 컸제 그 여자는 벌써 죽었고 아이고 내가 미쳤나 다시 보게 꿈에 볼까 무섭다… 시어른은 밥숟가락 놓고 사흘 만에 안 가셨나 참 깨끗하게 돌아가셨제 야야 김치통 다 찼나 이거는 마당 항아리에 묻고 겉절이는 바깥에 내 놓아라 아이구 허리야.

검버섯 곶감

얄궂어라 이 가을비에
곰팡이 꽃 활짝 핀 동네 곶감
긴 긴 겨울밤 고샅길
우는 아이는 어찌 달래나

조선 호랑이 뒷산에서 사라지고
곶감은 두엄 더미에서 썩고
검버섯 우리 할매 무르팍도 썩누나

할매야, 마실 나가는 할매야
말강 콧물 훌쩍 마시지 말고
이야기 줌치나 좀 풀어봐라

때 절은 치마 말기 풀다 말고
곱은 발에 오줌 지린 우리 할매
눈곱 낀 눈 흘기는 두엄 위 곶감

개기월식

그리워도 아무 소식 띄우지도 못했다
갈라진 입술에 적시고 싶은 한숨소리

탁한 골방 너를 띄워 빈 잔만 흔들었다
옅은 구름 사이로 흐드러진 웃음소리

가여운 어깨에 헝클어진 머리 기대었다
귓불 끝에서 풍겨오는 달맞이꽃 신음

흐르는 달그림자 한입 삼키고 싶었다
산들바람 따라 흩어지는 대금 산조

여윈 품속 몸부림에 잠시 비틀거렸다
빛 잃은 들창 아래 깊어가는 첫날 밤

제2부

가시리 고사리

수업 1
-지다 꼴 피동형 줄이기 운동

잘 '지은' 집 오백 년을 가고
든든하게 '세운' 다리 천 년을 견딘다
대충 '지어진' 삼풍백화점은 참변
날림으로 '세워진' 성수대교는 붕괴

그러므로 모든 공약은
마지못해 '지켜지는 것'이 아니라
반드시 '지켜야 하는 것'이다
〈또 하나의 약속〉 또한 그러하다

상영관을 줄이는 음모는
'꾸미는 것'인가 '꾸며지는 것'인가
바른 정부는 '세우는 것'인가
은밀한 모략으로 '세워지는 것'인가

학교는 짜장 1
-혼자 하는 교과협의회

어느 오래 된 학교에서
혼자 맡은 교과목 교사에게
협의록을 제출하라
학기마다 두 번씩 재촉한다.

혼자 하는 협의도 있나
웃음 담아 '메신저'를 보내면
그네도 저만 타고
대선 토론도 혼자 하는 나라라서
일 없어요
답변 '쿨'하게 날아온다.

학교는 짜장 2

― 학부모 시험 감독

다 큰 애들 보는 데서
커닝하듯
둘 사이 은밀하여라
첫눈에 반한 열일곱 살처럼
눈짓으로 자리를 권하노라면
반쯤 걷어 올린 치마 밑에
식은 땀 밴 쪽지 감추듯
눈 그림자 밑 기미도 은근하여라

먹성 좋은 아이들 숫염소 종이 씹듯
맛없는 문제지 쪼고 있는 동안
감독확인란에 서명하고 돌아오면
어느 듯 둘 사이 시치미 떼고
위 아랫집 이름 뚜렷이 적어
문서로 밝혀 버린 정·부 관계

큰 문제는 늘 어른들에게 있어
내 아이 볼모로 잡혀 놓은 학교
믿지 못하는 죄 하나 있어
불려 나와 떨떠름한 어머니들
어느 하늘 아래 이런 학교 또 있나
아린 감창이면 가린 창이라도 넘지

수능 전날

봉은사 뒤 산뽕나무도 마침
은행잎 따라 물드는 아침에
판전 마당 분 바른 엄마들
배춧잎 복전 두둑이 넣고
손 모아 우리 아들 제발 부디
하느님 부처님 오체투지 할 때
뽕잎 한 철 배 터지게 먹은
거웃 거뭇한 자벌레들
한 잠 두 잠 석 잠 내쳐 석삼년을
자다 깨다 깨다 자다 이윽고
웅크린 몸 부시시 기지개 켜고
화동관 숲 너머 고개 주억거린다

부스스 비손하는 우리 엄마 몰래
훔쳐보는 수험표에 문득 눈물 듣는다

칭칭 동인 허물 벗어 버려야 해
나 이제 손수 고치 지어 들앉아야 해
엄마 뱃속보다 개 외로울 그 곳
하지만 온전한 나만의 꿈 틀이라 해
혼자 자다 천 길 낭떠러지 가위 눌려도
꿈틀꿈틀 온몸 마구 뒤채며 마침내
창공 차고 날아오르는 꿈, 꾸어야 해
너 어디서 무엇을 잡을래?
허물 벗지 못하는 너 자벌레
고추잠자리도 벗을 삼지 않는대

성록이

방년 십팔 세, 우리 반 성록이
갸름한 턱선 귀티 나는 뽀얀 피부, 아직 중딩 티 졸졸 나
지만
내년이면 훤칠한 헌헌장부가 될 우리 반 성록이
3월 첫 시간 봉숭아 학당 같은 교실
느닷없이 "조용히 하자!" 소리 질러
잠시 교실 머쓱하게 만든 신공 보인 덕에
내 칭찬 한 아름 받고 목에 힘주고 엄지 치켜들던 성록이

그 은혜 하늘같아서
우러러 볼수록 높아만 가기는 어딜 가나
단축 수업 하는 스승의 날
나이 직업 거주지 생김새 프랑스어로 배우는 시간
평소처럼 교과서고 뭐고 아무 것도 없이
수업 내내 허리 틀고 뒤돌아 앉아
조잘조잘 앞장서서 시장 통 교실 만들고 있는 성록이

여느 때처럼 천정까지 열 뻗치게 만드네, 우리 성록이

"꽃으로라도 때리지 말라"
경구 읊으며 스승의 날 휘두른 카네이션 꽃 한 송이
뽀얀 볼따구에 맞고도 해살 해살 웃는 성록이
준형이가 내게 선물한 과자 한 조각 입에 넣고 또 웃네.
"쟤 일 학년 때보다 개 좋아졌어요!"
"일 학년 때는 학교도 잘 안 왔어요!"

그래 누가 알겠는가
천둥벌거숭이 같은 저 놈 성록이
지금 개차반으로 뽕빠지게 놀아도
천지신명 현묘한 기운이 어떤 신공 부릴지
묘한 인연 만나 언제 한 소식 할지 아무도 몰라
도사가 될지 기상천외한 발명가가 될지
기발한 예술가가 될지 억만장자가 될지 누구도 몰라

내처 더 나아가 타락한 이 세상 얼쑤 뒤집는
장길산 녹두장군 개똥벌레가 될지

좌우지간에

살아가면서 중요한 것이
네 편 내 편 피아식별 능력을 갖추는 것이고
길을 나서면 모름지기 좌우를 잘 살펴야 하느니

여드름에 코털 거뭇한 어린 청년들과
전후좌우 위아래도 아무 일 없는
도때기시장 같은 교실 한가운데에서
부채꼴 정치성향 무지개 색깔 씌워 마구 재끼고 놀아본다

네 고추는 어느 쪽이냐 물으면
빙긋 웃으며 오른손 드는 병규
저는 좌딸이라 왼팔이 세다는 호영이
쟤는요 배꼽 위로 곧추 선대요
그럼 너는 곧바로 직진이다 알겠느냐?
르윈스키가 증언한 윌리암 클린턴까지 끌고 들어오면
초여름 교실 잠자는 청년들 좀 줄어들어 좋다

프랑스 왕궁에서 태어난 좌우당간
왼쪽으로 갈수록 붉은색이 진해져
좌빨들이 거기서 막춤을 추고
회색분자는 기회주의자로 검은색 아나키스트 등 뒤에
아주 멀찍이 숨어 있는 것이다

반 토막 난 이 나라는 요상 망측하여
이북이 붉은 깃발 줄기차게 흔드는 것은
녹색당이 초록 깃발 몸에 두르는 것과 한가지이겠거
니와
노란 옷에서 파란 걸로 갈아입은 당에다
느닷없이 새빨간 잠바 입고 오체투지 나선 당파에 이
르면
아이나 어른이나 새빨간 거짓말에
전후좌우 니편 내편이 헷갈리는 여기 이남은
정치 문맹 색맹에

정신분열증 환자 득시글한
기묘한 세상임이 새삼 확인된다.

그리하여
누구나 오른쪽 끝에서 보면
모든 것이 왼쪽에 치우쳐 보이게 되나니
세상의 잣대로 볼 때
중도 우파 노무현도 김대중도 심지어 노태우까지
일베충의 눈에는 몽땅 한 색깔
종북 좌파로 보인다.

"선생님, 우리 반에도 두 마리 있어요."
세상 어느 구석에나 일러바치는 이 있고
큰 맘 먹고 호루라기 부는 사람도 있게 마련이라
손사래 치는 일베충들 다정하게 어깨 짚고
나치와 파쇼에 자매결연 맺어주다 보면

어느새 수업 종 치고 우루루 무너지고 마는 여기가
동대문인지 남대문인지, 원! 쯧쯧!

가시리 고사리

가시리 고사리
그 배 타고 우리 아이들
제주라 탐라도에 잘도 갔으면
애월 한림 대정 모슬포 둘러
이어도 멀리 보는 서귀포도 갔으리
밀려오는 저 태평양 거친 파도
서러운 강정 포구 깨어 버린 구럼비
지슬 나눈 큰 넓궤에도 갔으리

구멍 숭숭 뚫린 돌담 사이
핏자국 비바람만 거센 세월
시름으로 지켜본 가시나무 그늘
눈물 젖은 손등으로 돋아나는 사월
목구멍으로 삼킨 통곡의 강
마른 골짜기 흐르는 소리
고라니 노루 사슴도 들었으리

가시리 고사리

오름 따라 피다 말고 꺾여 버린 꽃들아

눈 감고 떠날 수 없는 너희들 세상

우리는 이렇게 살아도 죽었구나

가시리 고사리 대사리 소쿠리

꺾어 삶아 말려 담아 묶어 두고

서러운 설 한 많은 한가위

백조일손지묘 앞에

차례 상 제상에 올려도 될까나

눈 멀쩡히 뜨고 뺏긴 우리 새끼들

아이고 엄마 눈물로 간을 맞출까

아이고 아빠 한숨으로 향을 사를까

제주가 어디 있어 메 올리고 음복할까

바람도 속이 타고 물결도 끝이 없는

사월에 탐라도 가시리 고사리

48

법정에 선 교사들

　그래도 정리라면 한 가닥씩 하는 교사들은 지정된 시각보다 먼저 와서 지정석에 앉아 기침 소리 하나 없이 항소심 재판부의 입정을 기다렸다. 민주도 노동도 당도 다 사라진 판에 사라진 당에 후원금 낸 죄목만 남아 홀랑 뒤집어 쓴 버젓한 교사들이 수업도 작파하고 법이 내리는 벌을 받으러 온 자리, 선생들은 요즈음 학생들과 달라 정리가 일어서라 하자 말없이 일어서 주었고 판사들이 다소곳이 하는 절을 받고 다시 앉으시라 하자 앉아 주었다. 넓은 이마 아래 마량의 눈썹을 한 주심 판사가 출석을 부르자 학교에서 이 짓에 이미 이골이 난 교사들은 다소곳이 손을 들고 네, 예, 갓 입학한 초등학생들보다 훨씬 착하게 대답하였다. 백미가 호명하고 교사들이 대답하는 동안 대리출석을 확인하려는 것일까 아는 선생님이 오셨나 보려는 것일까 좌 배석은 호명할 때마다 고개를 들었다 놓았고 우 배석은 모범생의 태를 잃지 않고 필기구 든 손으로 입을 가리고 서류에 눈을 박고 있다. 백미가 교사들의 범

법 사실과 1심 형량을 확인하고 제자 같은 여검사에게 웅얼거리자 검사와 여선생은 영화 속 이야기일 뿐이던가 때깔 좋은 젊은 여검사는 늦가을 저녁 공기만큼 마른 목소리로 원심대로 선고해 달라고 주문하였다. 수임료가 적었나 보다 무료해 보이는 변호사는 김 제법 빠진 소리로 현명한 판단을 부탁하는 한 마디로 변론을 종결하여 서운하였다. 주심이 법복처럼 보드라운 목소리로 피고인 최후진술을 권했지만 교사들은 침묵의 교실 장면을 익숙하게 연출하였다 여럿이 똥꼬 가려웠으리라. 얼마 전 세상 떠나 불출석한 김종만 선생이 내 옆구리를 찌르나 했지만 입맛만 다시고 말았다.

해는 뉘엿뉘엿 저물어가고 속이 허전할 때 법정을 나선 피고인들은 백미의 지혜도 평수 넓은 이마도 미덥지 않았던지 비감한 얼굴로 제대로 인사도 없이 끼리끼리 터덜터덜 술추렴 선동도 없는 발걸음이 쓸쓸했다. 한때 우리 아무리 무소유를 꿈꾸었다 하더라도.

종암동 서울사대부고

잊지 않고 불러주어 고맙다
기억하니? 나이 서른에도 나는
여드름 하나 돋은 적 없는 얼굴에
부끄럼 감춘 총각 선생이었지
너희들 앞에서 모자란 숫기는 늘
술기운으로 채우는 퇴근길이었다.

속 보이는 유화정책으로 교복도 없애고
광주의 핏자국을 지우려 든 정권과 불화한 나는
너희들 애틋한 내숭에 설렐 짬도 없이 분주했다.

초임 교사가 교장을 추궁하여 일찍부터 찍히고
풍물반을 만들어 너희들 북 장구에 신바람이 났으나
데모꾼으로 몰리고 축제 참가도 막혀
분통 터뜨리던 너희들 뒤에 두고
쓸쓸히 걷던 강당 옆 솔밭길이 그립다.

2학년 때 민중교육지 사건이 터지고
3학년 때 도서관에서 손수 다듬어 발표한
교육민주화선언이 파문을 일으키는 동안
너희들에게 정성을 기울이지 못한 나는
지금 돌아보면 얼치기 교사였다 싶어.
참 많이도 변했구나 지난 30년
"처녀들 어미 되고 동자들 아비된 사이
인생의 가는 길이 나뉘어 이렇구나"*

지금도 기억 생생한 종암경찰서
너희들이 졸업한 그해 3월, 몰랐지?
전두환 정권이 충북 단양 어상천으로
나를 유배를 보낸 사연
학교 숙직실에서 항의 단식농성 사흘 만에
야간자율학습 마친 너희들 모두 귀가한 시간
끌려와 갇혔던 그 유치장 벽, 저기 있다.

기억한다, 내가 그렇게 두 번이나 쫓겨나고
대신 오신 선생님 수업을 거부했던 너희들
진작부터 문제교사 낙인이 찍혀
사사건건 일거수일투족을 감시당하고
12년 동안 담임도 한 번 안 맡겼지만
내 애환의 시간 곳곳에 배어 있는 학교
버스를 타고 종암동을 지나노라면
그리움에 고개 절로 돌아가는 정든 학교
너희들의 모교 서울사대부고.

* 이은상 작시 김동진 곡 [가고파 후편]

수석

충주댐 물 담기 전 남한강 바닥은 수석꾼들 신발깨나 벗겼다. 유월항쟁으로 한 세상 뒤집을 기세 보이던 그 해 내 유배된 단양이라 어상천 교무부장 사택 뜰에는 세상 풍파 멀찍이 두고 구름 사슴 물고기 만물상 닮은 낯선 수석들이 물 밑 고향 그리워하고 있었다. 노동자대투쟁의 거친 물결도, 단순 계산 복잡하게 푼다고 복작거리던 대선판도 지저분하게 끝나고 마침내 복권되어 삼태산 하늘재를 넘어 서울로 돌아온 후로 가곡 나루 자갈밭, 제초제 마시고 학교 뒷산에서 던져 버린 여중생들 책가방, 육쪽마늘 붉은 밭의 추억도 희미해지더니 이거야 원, 쥐떼들이 4대강 들쑤시고 뒤집어 돈 되는 것들 다 훑어간 뒤에 아직도 챙길 것 남았는지 식구 없는 청와대 너른 뜰에 여러 수석 들여앉혔다는 소문 들린다.

도덕성 교육 고심하는 권 선생에게

겁도 없이 그대 불러 주례 설 때
무엇을 주절거렸는지 아득하건만
허겁지겁 헤맨 길 허랑방탕하여
주체할 주변머리도 없는 주제에
날이면 날마다 학생들 앞에서
핏대 세워 서푼짜리 훈화 주절거리며
때워 넘기는 조·종례 우리 교사들 신세

도는
우주만상의 원리이니
먼저 깨친 길잡이가 도움 주겠거니와
덕은
눈속임 할 수 없는 실천행이니
애당초 말로 조질 일 아니라서
욕망의 바다에 발 담그고
등 초롱같은 아이들 눈앞에서

자기 삶으로 본보기가 될 교육자
한숨만 깊을 수밖에

정년 한 해 남긴 내 말빨
교단이나 잠자리에서나
거짓말 같이 서지 않을 때
회초리로 어찌 도를 가리키고
'세우그라' 따위로 무슨 덕을 쌓겠나
헛방 딛고 툇마루에 나앉아
내 됨됨이 되질이나 해 보고
비울 마음 달아 보면 낫겠다 싶네.

추석 굴비
- 김맹규에게

맹규라고 각별히 용맹했겠느냐

전교조 서울지부 굴비 장사 스물네 해

새벽 두 시, 소한 추위 얼음 창고에 들어가

중대 특대 특장대 오가 중딱 대딱

이제 영동 표고 금산 인삼까지 엮어

도수 높은 안경 이따금 밀어 올리며

콧물 눈물 등짝에 진땀 내리고 올리고

내비도 엑셀도 없던 시절 일용 잡급직들 더불어

동서남북 서울 구석구석 학교 지도 챙겨들고

담배 한 대 물고 자판기 커피 한 잔 뽑고

사십 년 몬 택시 기사 저리 가라 케라

지부 봉고 턱 하니 몰고

온 서울 골목골목 학교 찾아 지도 들고 헤집고 다닐 적에

배달 어긋난 굴비 썩어

한여름 신발 고린내가 나도 신바람만 나서

해마다 추석 전에는 법외도 합법도 암시랑치 않았다.

십 년 이십 년 누구누구는
책상머리에서 컴퓨터 앞에서 어정거려도
해거름 뒤풀이 잔치국수 한 양푼에
막걸리 한 잔 오르노라면
우～울려고 내가 왔던가 웃으려고 왔던가
한 곡조 수줍게 뽑으며
비린내 밴 작업복 조금도 비굴하지 않았다.

올 추석에도 어김없이
전남 영광 김재필씨 굴비에
표고 인삼까지 배달하고
하루도 빠짐없이 출근하여 학생들 만나는
진국 부산 갈매기
진양 정촌 사람 김맹규라고 아시는가.

그림 그리는 조영옥

거기 젖 마르듯
시 샘도 말라버렸나
잘나가던 소리 놀이
웃목에 밀어버리고
덧없는 세월 시샘하듯
설렁설렁 시간 붙드느라
날래고 어여쁜 저 손 좀 보소

그리움 담을 그릇이야
글보다 그림이라고
졸고 있는 길손 그리며
늘그막에 그늘
한 오라기 안 보이는
낮달도 퐁당 볼우물에
부끄럼 태운 미소

각선

- 판화가 김준권에게

잠든 나무에
생령 불어 넣은
각선(刻禪) 수십 년
손가락 마디마다 각이 서서
끌이 되고 칼이 되었으리

서슬 퍼런 것들 움켜잡고
불화한 세상 화두 삼아
말없이 잠도 없이 숨 고르며
파고 또 파낸 업장
기름진 거름이 되어
논두렁 밭두렁 찬란하여라

판화 파는 벗이여
백세 지나 문득 심심하여
길 떠날 채비라도 하거들랑

날 불러 한 자락 만가를 청해 주게
갈라진 목 탁한 술로 적신 후에
진신사리 몇 과 슬쩍
빈 주머니에 넣어 올 참이거니

낚시꾼 효곤이

참붕어 만나러 간 사람이
낚싯대 밤새도록 넣어두고
텅 빈 손 물가에 쪼그려 앉아
올망졸망 고마리랑 놀고 있네

초승달이 하도 심심한 하늘
흰 구름 한 조각 띄운 저수지
슬금슬금 바닥 쓸던 각시붕어
아재 이제 집에 가소 고마 하네

삼십 년도 넘은 채비
늙은 붕어 닮아가는 입술
보리새우 드나드는 빈 살림망
건져 올리는 효곤이
뜬 구름 보고 빙긋이 웃네
고마리 꽃 무리 지어 킥킥 웃네

문병

문둥병이라도 환자는 웃는 게 좋다네
문병을 나설 참이면
주섬주섬 마시고 먹는 것도 좋겠지만
작으나마 웃음보따리를 챙기거나
그도 아니면 즉석에서
발바닥 간지럼이라도 태우시게

노동전선인가 겁나게 거창한 이름
일보전진 없이 오래 포진만하다가
재수 없이 좆같은 법망에 걸리듯
대상포진에 걸린 조희주 동지

전선 산화 지복 타고 난 것 아니라면
쉬엄쉬엄 노동자 휴가권도 누리면서
누가 오래 사는가 어디 경주하자 했더니
예나 제나 사람 좋은 웃음 희죽 웃네

근황

내 벗 윤재철은 막걸리 시인
하루 저녁 두 병씩 장복 하다가
퇴근길 계단에서 쓰러졌다네
이러다가 문득 가는구나 싶어
한 며칠 술잔 놓았다는 풍문 들리더니
시집 안 간 외동딸을 두고
다섯 번째 시집을 내고부터는
두 병이 도리어 세 병 되었다지

나이 들수록
하늘 길은 가까워지고
어릴 적 기억의 우물은
갈수록 깊어지는 법이라
한 두레박 시정을 퍼 올리려면
술시 지나 자시까지 홀로 앉아
걸쭉한 마중물 부어재낄 수밖에

밥상 시인과 겸상하며

맑은 술 한 잔 두고
마른 입술 훔치노라면
성긴 머리 쌍가마에
김인지 한숨인지 한 오라기 오르고
저기 아래 샅도 잠시 근지러운
혼자 모시는 저녁 상
문어 호박 수제비국

한 술 뜨다말고 또 해를 넘기면
깊이 묻어 둔 그리움
꺾은 목울대를 타고 올라와
소리 없는 설움으로 올라와

덧없어도 좋아, 자네
삶은 끼니 지어 고슬고슬 나누는 일
오늘 받는 맑은 이 술 한 잔처럼

교사대회

간만에 신·구 빨찌들 참 많이도 모였다. 그동안 어디 있었나 저 어른들 보면, 찢어진 산하 자서전 내시는 안재구 선생, 소년 빨치산 박현서 선생, 아람회라 정해숙 선생, 그 팔순 벗님들과 광주항쟁 도청 사수 정해직 선생, 남민전 전사들 다 꼽아야 나무 한 그루 그늘 몫뿐이다. 저기 서대문 형무소 상하 사방 통방 예사롭지 않았으니 망정이다. 차꼬 풀고 수갑도 풀고 목에 건 밧줄도 풀고 주섬주섬 길게 기지개 켜며 나와 가을 볕 쬐며 뒤를 채우지 않고서야 악머구리 넘지 못하는 무악재까지 채울 수 없는 날이다.

노래와 놀이와 몸짓과 말씀이 기미독립선언문이 된 오늘 넉살도 좋다. 최고령 지회장 김옥태가 신안 뻘밭 세발낙지 장복한 입심으로 대회의 기조를 밝히고 나니 대오가 각이 잡힌다. 아니 이런! 국립오페라합창단 해고노동자 트리오가 인민들 노래 소리 들리느냐 노동해방을 향해 가자 가서 축배를 들자고 했을 때 찬 바닥에 앉은 좌중의

똥꼬도 한층 따뜻하게 꼬물거렸던 것이니 스무나무 날 곡
기끊은 김정훈 위원장의 콧수염에서 여러 의사 열사의 넋
이 비롯되는 가운데 전교조 비밀무기를 폭로하는 순간 손
병희 선생 치켜든 오른팔이 움찔하는 것을 눈치 챈 눈은
몇이나 되었으리?

　그렇다 "굴종의 삶을 떨쳐 반교육의 벽 부수고 사람 사
는 통일세상을 향해 교육동지 굳세게 단결 전진"하기로 결
의한 대동 한마당 달아오르는 열기에 파주 진주 구미 고흥
까지 지회 깃발 활랑거리는 사이 얼마만인가. 걸음걸음 찬
물 마시고 속 차려라 서대문구 냉천동 육교 옆을 재잘 재
잘 대며 흐르는데 1987년 9월 역사상 처음 교사들의 힘으
로 문을 연 전교협 사무실 자리는 김밥천국 알파문구 건물
에서 내 눈이 헤맬 적에 그 옆에 축산물 백화점 엘레강스
호프집 위에 고시텔로 바뀌어 있는 줄을 김효곤이만 짚어
내었다. 그 시절 우리는 가난했으나 의기는 전두환이 깔고

뭉개던 북악을 넘어 하늘을 찌르고 남았다.

　독립문을 지나 서울시청을 향할수록 이 나라 자주독립
의 길은 멀어 보여 공연히 목이 말랐다. 얼마나 남았나,
내 살아생전 통일을 볼 수 있을까? 오랜만에 만난 늙수그
레한 벗들 혹은 정년퇴임 날짜를 꼽고 혹은 먹고 자고 싸
는 일을 안부 인사로 삼았다. 오래 살아라, 오래 살자, 위
원장 호명하는 이름 속에 포함된 먼저 간 동지들 얼굴 얼
굴이 떠올랐다.

제3부

동강, 할미꽃

두레

내 어머니 베틀 밑에서
지름대 갖고 놀던 작은 방
혼자 놀다 곤히 잠들면
어머니는 두레를 나갔다.

동네 어머니들은 삼을 키워
금줄 두른 수백 살 느티나무 옆
참새미 개울가에 걸어놓은 큰 삼 솥에
집집이 돌아가며 삼을 삶을 때
우리 고이 벗은 것들은
껍질 벗긴 제릅대로 제웅을 만들거나
총싸움 칼싸움도 벌였다.

그 시절 미국군은 멀리 떨어져 있어
마을 사람들은 애나 어른이나
대마초 따위 알지 못했다.

내 키 두 배로 자란 삼을 낫으로 거둘 때
어른들은 삼밭 깊은 곳에서
동네 처녀 총각 몸 냄새 삼 냄새에 취해
정분 나눈 자리 확인하기도 했다.

대여섯 살 나는 예닐곱 손가락 벌린
삼 이파리를 이따금 코에 대어
방아보다 진한 향에 몽롱해질 때
봉초 떨어진 아버지는 마른 잎을 말아
한 대 찬찬히 피워 코로 연기를 뿜기도 했다.

앞산 숲처럼 짙은 삼이 솥에서 나와
뜨거운 김과 이글거리는 햇살 아래
흙의 기운을 뭉쳐 밤하늘의 색깔을 낼 즈음
삼 껍질 따리는 깨끗한 돌에 눌려
보리피리 드나드는 시냇물에 자맥질을 했다.

이윽고 하늘과 흙, 물의 기운이 교합하여
검고 짙은 것들 육탈하여 몸 밖으로 빠져 나가면
어머니들은 삼 똬리를 그늘먹한 바위 위에 건져 올려
우당탕탕 방망이로 고단한 일상을 두드려
앞산 까투리를 울려 놓았다.

흠씬 맞아 때를 빼고 하얗게 질린 삼실들이
발등 까만 어머니들 보드랍고 하얀 무릎 위에서
까만 손놀림과 하얀 대문니 보살핌으로
올올이 오롯이 새로 인연을 만들었다.

길고 긴 여름 낮만큼 질긴 인연들이여
수천수만 가닥 잿불 쐬고 풀을 먹고
걸음걸음 흘린 땀방울로 실이 되어 물레에 걸릴 때
실들은 새로 태어난 어린 아이처럼 응애 응애 울고
돌돌돌돌 실꾸리에 잘도 감기었다.

낮에는 삭신이 쑤시는 들일을 마치고
설거지 꺼리도 없는 저녁상 물리고 나면
어머니들은 인심 넉넉한 집 안채로
삼실 담은 소쿠리를 들고 밤 마실
두레를 갔다.
짧은 여름밤 모깃불 자욱이 피워 놓은 마당에
두런두런 동네 이웃 질고 마른 이야기 두루 나누며
달그림자가 기어들 때까지
두레를 했다.

사람들 모여 사는 동네가 거기 있었다
새벽 종 새 아침 새마을이 오기 전에는.

싸리비

태풍 지나고 사태 난 산비탈에
싸리 꽃 숲만 무성하다
고고한 장끼 놈은 어디 갔나
쥘부채 꼬리 접고
암팡진 까투리 엉덩이 찾아 갔나

꿀맛은 천하없어도 싸리꿀 맛
상강 무렵 쌀쌀맞은 네 혓바늘 돋아
사르르 회가 동할 때 한 숟갈
입술 같은 싸리 꿀 한 숟갈

가을 나무 철이 되면
싸릿대 한 짐 속에 솔가지도 감춘
우리 아부지
실팍한 칡 동여맨 싸리 빗자루
무심한 가을 겨울 봄 여름 또 가을

아들 넷에 딸 셋
책 보따리 다섯 개나 혼자 짊어지고
답답한 심사 쓰다듬듯 빈 마당을 쓸고
잡된 생각처럼 텅 빈 거미줄을 걷거나
곡식 쪼는 닭들 무시로 던져 쫓고 나면
남은 목숨만큼 짧아지던
우리 아부지 몽당 싸리 빗자루
하나는 잿간에 가서 똥을 치우고
또 하나는 소죽 아궁이 속에 들어가
불땀도 시원하게 타올랐지

초가을 무심코 산을 오르다가
수줍게 핀 싸리 꽃을 보노라면
알 밴 종아리 우리 아부지처럼
낫 갈아 싸릿대 한 짐 쪄 보고 싶다

한글학교

영감들 벌써 다 앞세우고
아장 아장 길나선 우리 어머니 셋

우렁이 알 실은 논두렁콩 사이 길
새끼들 모다 비운 유모차 밀고 간다.

모가지 구부린 왜가리
고동 삼키다 말고 묻는다.

망구 망구 할망구
느티재 너머 북망산 가우?

쪽진 머리 비녀 꽂고
잃어버린 내 이름 석 자 찾아
가마니 거머리 고구마 구더기
배꼽 잡다가 눈물 바람 하러 간다.

고백

사랑한다고 말해 본 적 없다
7개 국어로 '널 사랑해'를 가르쳐도 내겐
사랑은 늘 미래완료야.

내 안에 아직도 누군가 있어
너를 사랑한다는 말은 비문일 수밖에 없어.

네 차가운 손 처음 잡은 날
바늘 돋은 혀를 놀리기 전에
손끝보다 얼굴이 더 달아올랐어.

사랑하는 그대여,
내 누운 단풍나무 아래 잎이 지고
눈물처럼 싸락눈이라도 내리는 날
때늦은 내 사랑 한 줌 쥐어
여윈 네 볼에 살짝 비벼 볼까나.

부레옥잠

화초장 놀부 심보가 생겼나 문간에서 새끼만 처대는 물배추 옆에서 철 따라 꽃도 피워 출근길 인사 삼던 네가 어느 날 내 오른쪽 귓구멍에서 까마득히 종적을 감춘 것은 입양한 지 십 년이 넘도록 아무리 앓는 소리를 내도 배 밑에 연방 양귀비 입술연지 같은 것을 슬그머니 내밀어도 밤에 지만 하고 낮에 흘레 한 번 안 붙여준 주인 못 믿어 종적을 감춘 우리 강아지 복동이랑 매한가지였는데 방을 붙이고 전단을 뿌리고 온 동네를 돌아봐도 맹탕.

말가래 올미 마름 어리연 수선화 물양귀비 개구리밥까지

온 둠벙을 다 퍼내고 가나다라 히피티키 오르내림으로 훑어도 몇 밤 저물도록 돌아올 기미 보이지 않아 절망으로 입동 지나 지하철 서울역 지나다가 부들부들 떨며 쪽잠! 하는 순간, 아이고 맙소사 네가 엇 추워! 하며 내 왼쪽 귀로 쏙 들어오는 거 있지.

고마워라, 한뎃잠 자는 형제자매들, 따뜻한 밥 한 상에
옥 장판도 한 장씩 받으소서.

불길한 예감

왜 이리 더운가
유정한 것들 산란도 끝나고
고추 가지도 한여름인데
이끼 머리 산발한 금수강산 삼천리
방방곡곡 억울한 호곡 소리

왜 이리 더운가
팔도강산에 온통 합동분향소로구나
타오르는 향불 따라 애비 속이 타고
향로에 재 툭툭 떨어져 끊어질 때
자식 잃은 에미 애간장 다 녹는구나

비야, 소낙비야,
골령골 해골 씻기러 오는 장맛비야
이 여름 또 어느 골짜기에
잘린 목 하얀 국화 동산 쌓으려느냐.

이산가족

세월이여
덧없는 시월 낙엽이여

눈물이여
주름 골 흐르는 그리움이여

다시 이별이여
마른 손 부여잡고
비벼 보는 꺼진 볼이여
새까맣게 타버린 애간장이여

기약이여
야속한 우리 기막힌 만남이여

종전 비나리

이 전쟁
처음과 끝을 아시는 분
만나기라도 하면
그 집 마당쇠라도 하고 싶다.

선전포고가 없었으니
시작도 없고
종전 협정도 없으니
끝도 모르는 전쟁
총칼 든 군인보다
애꿎은 목숨 훨씬 많이 앗아간 전쟁
아직 이름조차 갖지 못한 전쟁
납북자 신고를 이제야 받고 있는 전쟁
언제 다시 터질 지
아무도 모르는 휴화산

끝이 없는 일이 어디 있나
이승만 트루만 맥아서
김일성 모택동 스탈린
모두 죽어 사라진 지금
이 난장판 누가 정리할 것인가?

학생들도 종례 마치고 집으로 간 시간
이름 없는 이 전쟁
난리 통에 죽은 모든 이들 출석부를 덮고
이제 그만 엄숙하게 종례를 하자.

동강, 할미꽃

구절리 모래톱
나룻배 사라진 아우라지 쓸쓸하다
구슬퍼라 정선 아라리
숱한 곡절 아랑곳없이
가수리 겨울 강 호젓한 여울
벼린 서슬 벼랑 자락 감돈다

오백 살 느티나무에 기대어
조각배처럼 떠 있는 작은 분교 하나

이제 곧 아이들 자갈자갈 돌아오면
봄 노래 풀피리 소리 따라
물 아지랑이 피어오를 때

고개 들고 활짝 피어라
동강, 할미꽃.

서초동 향나무

남한산성 대보름달 뜰 시간인데
눈앞을 가린 테헤란로 마천루들 아래
검은 유리창에 비친 퇴근 길 차량들
꼬리 물고 사정없이 경적 마구 울릴 때
거대하여라 저기 피 흘린 십자가
찌든 내 가슴 아플 사이도 없이
고개 넘어 잠수교까지 길게 늘어진
사랑의 교회 멈춘 시계 바늘

누구 잡아 조질 궁리하고 있나
높은 담 쌓아놓고 회개하지 않는 법창
내 오랜 동무들 몇이나 남아서
길바닥 길게 늘어진 십자가 따위
경배하고 있으려나 답답하여라
이제 끊어진 길 외로워 갈 수 없는
사랑의 교회 몸서리치는 시계 바늘

죽어 가는 하늘 태운 차들 줄을 이어
내 숨통도 틀어막는 정월 대보름
그리워라 우면산 자락 서초동 꽃동네
빈들에서 방패연 날리던 아이들
산기슭 내 동무들 꺾어 지은 작은 달집
소원 적은 방패연 걸어 태워 올리고
내 심지 정향 꺾어 함께 태워 올리고
이제 모두 다 어디로 가버렸나
저기 보름달만 무심히 떠오르는
사랑의 교회 축 늘어진 시계 바늘
불타는 사랑까지 아직은 남은 시간

담양

댓잎들 수군대는
외갓집 대밭

햇볕 한손 가득 담아
달콤한 새순
동편제로 뽑아 올릴 때

뒷간 옆 남새밭
정월 대보름
늙으신 매화 한 그루
추임새로 목이 메면

사월 살구꽃
참 살갑게 피어
이어 매기는 고을

월악산에 올라

가파른 바위 산 고개 너머 겨우 떠오른 겨울 해가 여러
날 쌓인 눈을 혼자 먹어 들어가 늦가을 찬 비 맞아 떨어진
가랑잎들 바튼 기침 소리만 힘겨웠다

오래 된 절집 지나 무수한 층계를 오르고 또 오르며 용
화세계 한 꿈을 이루려 첩첩 산중 짧은 해방구를 만들었던
산 사람들 내뿜은 입김이 건듯 불어왔다

저기 저 틈에 몸 숨겼을까 저 굽은 소나무 아래 등 기대
고 타는 노을 서러웠을까 감발한 억센 다리 한 마리 산양
이 되어 지금도 어느 산등성이 넘고 있을까

북한산에서

파발 이미 떠난 역참에서 704번 버스를 타고
마음대로 오갈 수 있는 북한, 산성이면 좋겠다.

막 말아 주는 김밥 한 줄 약과 한 개
얼음 막걸리 한 병 챙긴 약수
내 피부 여과지 거쳐 구름 위에 올려 보냈다.

내색 하지 않는 단풍나무 숲길은
가끔 핥아보는 붉은 연지 아랫입술 같았다.

떠나 버린 옛 연인의 눈 속에 발을 담그면
도란거리던 숨결이 각질로 떠서 흘러간다.

내 몸이 떨어져 국수나무의 뿌리에 닿을 즈음
보국문 아래 정릉천에서 빈 배 저어 보고 싶다.

울타리에 걸려 쪽배조차 뜨지 못하는 계곡
들개 주린 숲속에 상하 팔담만 즐비하였다.

철책 너머 금강산 구룡폭에는 언제 다시 가 보나
백두산 삼지연 묘향산 전나무 향기도 여전하리라.

돌아와 마르셀 뒤샹의 작품 위에 앉아 용을 쓰니
고요히 똬리를 틀고 처다보는 능구렁이 한 마리

순대

내포 예당 너른 들아
만석 지주 업은 마름 놈아
혀 짜른 쪽바리 새끼들아
대동아전쟁 통에
아주까리기름 짜듯
북이고 징이고 쌀 보리 한 톨까지
싸그리 쓸어 담아 간 날

명아주 풀죽 한 사발 마시고
맹물 한 바가지 처먹고
하고 한 날 빈 곱창 똥창
여물통에 암소 오줌 떨어지듯
싸가지 소제라도 할라치면
구비 구비 서산 팔봉 너머
구름 우으로 구르던
마른하늘 우레 소리

자리끼 방바닥에 쏟아 생긴
똥간 이웃 살구 익은 낯가죽
배꼽 뿔룩 나온 애새끼들만
푹수말이 물려도 자지러지던 날
날 잡아 기름 고름
구절양장 꾹꾹 채워
아바이 서러운 순대 한 접시

우포 주막

　습지는 사철 살아 있는 것들 사랑받아 늘 홍건하다. 내가 우포를 자주 찾는 까닭은 널배 위에 엎드려 가시연잎 사이로 종일 미끄러지고 싶기 때문이다. 손등에 개구리밥 달라붙으면 마른 눈시울 쉬이 젖는다.

　머리에서 발끝까지 저릿한 백조 떼 장엄한 추풍낙엽 반주에 맞추어 유영할 때 무심한 검독수리 물끄러미 먼눈팔고 있을 뿐이다.

　내 고향 가락국 옛 터진에는 날개 죽지 상한 고니 여럿 보인다. 왜가리 너구리 흑두루미 두루 동무 삼아 묵은해를 보내는 자리, 산란도 끊긴 노계 한 마리 볶아 놓고 거나해지면 황새목으로 새 타령 한 가락 길게 뽑는다.

　동무들이 박수 치며 밍고니 살아있네 하면 할매, 아재, 여기 털 뽑고 보지 사바하! 내지른다. 문득 물 먹은 상고니

성 생각도 난다.

진맥

모처럼 내 몸을 살피러 간다
복채 내고 새해 신수 보는 마음으로
오래 살아 볼 욕심 실한 살집처럼
목살 항정살 삼겹살로 겹겹이 쌓여
마음 한 구석 은근히 무거운 거다.

저항을 포기한 인질범처럼 두려움에
두리번거리다 다소곳이 두 손을 내민다.
나이 지긋한 편작은 처진 눈 지그시 감고
가늘디가는 손가락 끝으로
살같이 살아온 시공의 흔적 짚어내는 듯
오장육부 대소 혈관 맥락 타고 흐르다가
뼈마디 마디 남아있는 갑골문자 풀어내어
박수무당 주문처럼 주섬주섬 주워섬긴다.

콩팥에는 못 이룬 꿈 배신감이 싸여 있고

허파에는 아직도 헛된 바람 여전하니
염통에 맑은 생각 기운 돌지 않는다
속으로 삭여 흘려야 할 눈물 구멍
간담에 그득한 교만이 막고 있다
큰골 작은골 고단하니 공연히 고심 말고
이제 즐거운 일이나 하며 살아라 한다.

손목 돌려주며 눈 꼬리 슬쩍 올리는 듯하여
내 속 뜨끔하여라

이 어른 감춰둔 내 비위도 다 본 거 아냐?

강변역에서

오랜 벗을 조문하고 돌아오는 길
겨울바람에 살얼음 띄운 강물 출렁인다

퇴근 길 무겁고 허전한 몸뚱이들
쉼 없이 밀어 올리는 전동계단에 선다

한 덩이 무심한 바위가 되어
굴러 떨어질 내 종착역은 어디쯤인가

국가와 인민 그리고 시와 유토피아

김진경(시인)

김민곤은 이름이 명기되지는 않았지만 80년대부터 이미 시인이었다. 긴박한 상황이 나날이 시 쓰기를 요구했으니 어쩔 수 없이 일찍이 성명서 시인으로서 데뷔하지 않을 수 없었다. 그리하여 교사, 학생, 학부모의 심금을 울린 교육민주화선언 이라는 시를 비롯해서 헤아릴 수 없이 많은 성명서 시를 낳은 바 있다. 글이 역동적인 삶과 만나 실체로서의 울림을 갖는다면 그보다 나은 시가 어디 있으랴? 이름이 명기되지 않는다 해도 가슴과 가슴으로 전해지는 실체로서의 울림으로 족하리라.

이렇게 무명이지만 이미 대 성명서 시인으로 활약했던 김민곤이 서정 시인으로 출발하는 시집을 내겠다고 원고 뭉치를 내미니 새삼스럽거니와, 그 호탕한 낙관주의적 웃음과는 전혀 어울리지 않는 수줍음이 또한 무척 수상쩍다. 이 글은 아마도 이 수상쩍은 수줍음의 정체를 밝히는 글이 되리라. 호탕한 낙관주의적 웃음이 성명서 시의 실체로서의 울림, 즉 뜨거웠던 시절 인민들의 유토피아 지향과 통하는 것이라면, 그 호탕한 낙관주의적 웃음은 어디로부터 오는 것일까? 그것은 뜻밖에도 여리고 수줍고 섬세한 어떤 것으로부터 발원하는 게 아닐까? 이제 그 발원지가 되는 여리고 수줍고 섬세한 어떤 것의 정체를 밝혀 보아야겠다.

가라타니 고진은 근대국가를 "자본 - 국가기구 - 인민"의 트라이앵글로 보고, 자본은 상품교환 경제에, 국가는 강제적 약탈과 조세 경제에 기반하고 있다고 했다. 그리고 인민은 증여경제에 기반하고 있는데 현실의 실체라기보다는 상상적 공동체라고 했다. 인민이 증여경제에 기반하고 있는 상상적 공동체라는 것은 인민이 유토피아 지향으로서 존재한다는 것을 의미한다. 증여경제란 이해관계가 아니라 상호 배려에 의해 이루어지는 유토피아적 경제인 것이니 말이다. 국가기구와 자본은 이러한 인민의 유토피아 지향을 일정 부분 수용하기도 하고 배척하기도 하면서 국가를 지속시켜 나간다. 그런데 이러한 인민의 유토피아 지향은 어디로부터 오는 것일까? 김민곤의 다음 시가 그 대답을 보여 주는 듯싶다.

내 어머니 베틀 밑에서
지릅대 갖고 놀던 작은 방
혼자 놀다 곤히 잠들면
어머니는 두레를 나갔다.

동네 어머니들은 삼을 키워
금줄 두른 수백 살 느티나무 옆
참새미 개울가에 걸어놓은 큰 삼 솥에
집집이 돌아가며 삼을 삶을 때
우리 고이 벗은 것들은
껍질 벗긴 제릅대로 제웅을 만들거나
총싸움 칼싸움도 벌였다.

그 시절 미국군은 멀리 떨어져 있어
마을 사람들은 애나 어른이나
대마초 따위 알지 못했다.

내 키 두 배로 자란 삼을 낫으로 거둘 때
어른들은 삼밭 깊은 곳에서
동네 처녀 총각 몸 냄새 삼 냄새에 취해
정분 나눈 자리 확인하기도 했다.

대여섯 살 나는 예닐곱 손가락 벌린

삼 이파리를 이따금 코에 대어

방아보다 진한 향에 몽롱해질 때

봉초 떨어진 아버지는 마른 잎을 말아

한 대 찬찬히 피워 코로 연기를 뿜기도 했다.

앞산 숲처럼 짙은 삼이 솥에서 나와

뜨거운 김과 이글거리는 햇살 아래

흙의 기운을 뭉쳐 밤하늘의 색깔을 낼 즈음

삼 껍질 똬리는 깨끗한 돌에 눌려

보리피리 드나드는 시냇물에 자맥질을 했다.

이윽고 하늘과 흙, 물의 기운이 교합하여

검고 짙은 것들 육탈하여 몸 밖으로 빠져 나가면

어머니들은 삼 똬리를 그들먹한 바위 위에 건져 올려

우당탕탕 방망이로 고단한 일상을 두드려

앞산 까투리를 울려 놓았다.

흠씬 맞아 때를 빼고 하얗게 질린 삼실들이

발등 까만 어머니들 보드랍고 하얀 무릎 위에서

까만 손놀림과 하얀 대문니 보살핌으로

올올이 오롯이 새로 인연을 만들었다.

길고 긴 여름 낮만큼 질긴 인연들이여
수천수만 가닥 잿불 쐬고 풀을 먹고
걸음걸음 흘린 땀방울로 실이 되어 물레에 걸릴 때
실들은 새로 태어난 어린 아이처럼 응애 응애 울고
돌돌돌돌 실꾸리에 잘도 감기었다.

낮에는 삭신이 쑤시는 들일을 마치고
설거지 꺼리도 없는 저녁상 물리고 나면
어머니들은 인심 넉넉한 집 안채로
삼실 담은 소쿠리를 들고 밤 마실
두레를 갔다.
짧은 여름밤 모깃불 자욱이 피워놓은 마당에
두런두런 동네 이웃 질고 마른 이야기 두루 나누며
달그림자가 기어들 때까지
두레를 했다.

사람들 모여 사는 동네가 거기 있었다
새벽 종 새 아침 새마을이 오기 전에는.

- 김민곤 「두레」 전문

위 시는 시인에게 남아 있는 농촌공동체에 대한 기억을 그리고 있다. 삼베 실을 내기 위해 엄마는 두레에 나가 동네 아낙네와 이야기꽃을 피우고, 아이들은 아이들끼리 어울려 놀고, 담배가 떨어진 아버지는 마른 삼 잎을 말아 피우는 그곳은 미국군으로부터 멀리 떨어져 있고, 새마을 운동이 시작되기 전의 농촌공동체가 살아있던 곳이다. '두레' '넉넉한 인심'은 이 공동체를 받치는 증여경제의 표현이다. 김민곤의 유토피아 지향은 이 훼손되지 않은 농촌공동체에 대한 기억에 뿌리를 두고 있고, 더 확대시켜 말하자면 인민의 유토피아 지향 또한 이 증여경제적인 농촌공동체의 기억에 뿌리를 두고 있는 것이리라.

우리는 흔히 이와 같은 농촌공동체가 부르주아가 주도하는 자연스러운 역사의 진보에 의해 사라졌고, 따라서 지나간 봉건사회의 잔재라고 생각한다. 그러나 역사를 되짚어 보면 이러한 생각은 사실과는 다르게 의도적으로 왜곡된 것이다.

유럽 봉건체제의 위기가 본격화된 것은 14세기 유럽을 휩쓴 페스트로 인구의 삼분의 일이 사라지면서부터였다. 토지를 경작할 노동력의 부족으로 농노제는 사실상 해체되었고, 임금이 폭등하고 식료품 값은 하락하여 유럽의 농민과 빈민들에겐 가장 좋은 시절이었다. 이렇게 힘의 관계가 유리해지자 봉건체제를 해체하고자 하는 농민과 빈민들의 저항이 농민전쟁으로 번져 나갔다. 유럽 중세의 천년왕국운동을 계승하고 있는 농민전쟁은 평등한 원시 공동체로의 회귀라는 강한 유토피아 지향을 지니고 있었다.

이러한 봉건체제의 위기에 대응하여 귀족, 교회, 부르주아는 입장의 차이에도 불구하고 일치단결하여 농민전쟁을 잔인하게 진압하였다. 그리고 부르주아의 요구에 따라 노동력의 부족을 해결하고 여성을 노동력 재생산의 출산 기계로, 남성을 노동력 기계로 재편하기 위한 대대적 공세를 펼쳤다. 농촌 공유지를 근거로 한 여성 공동체의 지도자를 주 타겟으로 한 마녀사냥으로 15~17세기에 유럽에서 50만의 여성이 처형당했고, 인클로저 등으로 토지에서 쫓겨난 유랑농민들은 대규모 시설에 감금되어 노예적인 강제노동에 시달리다 죽어갔다. 이와 같은 자본의 원시축적 과정이 얼마나 잔인했는가는 17세기의 인구 통계가 적나라하게 보여 준다. 15세기 콜롬부스가 아메리카 대륙을 발견한 이후 17세기까지 남아메리카 인구의 90%인 7500만이 죽었고, 유럽의 인구도 급감하여 독일의 경우 인구의 삼분의 일이 사라졌다.

인구의 급감은 무역의 급감과 실업의 만연 등 자본주의 공황을 가져왔다. 이러한 인구 위기에 따른 자본주의의 위기에 대응하여 국민을 노동기계, 노동력 재생산 기계로 보고 관리하는 고도로 중앙집중화된 생(生)관리체제로서의 국가 형태가 나타나는데 그게 바로 루이 14세로 대표되는 절대왕정이다. 절대왕정은 중앙집중적인 근대 자본주의 국가의 원형이며 근대 자본주의의 인큐베이터였다.

한국에서 절대왕정의 역할을 한 것은 바로 5·16 군사 쿠데타로 등장한 박정희 정권이다. 박정희 정권 시기의 국가기구는 자본주의의 인큐베이터 역할을 충실히 하였으며 국민을 노동력 기계, 노동력 재생산 기계로 보는 생(生)관리체제로서의 형태를 갖추었다. 이 과정에서 전통적 농촌공동체는 버려야 할 낡은 것으로 부정되고 파괴되었는데 관 주도로 맹위를 떨쳤던 새마을 운동이 그것이다. 이렇게 부정당한 농촌공동체는 우리가 국가 없이 인민으로서만 존재해야 했던 구한말과 식민지 시기 민족적 저항의 거점이기도 했었다.

유토피아 지향은 근대 자본주의 국가의 출현 과정에서 억압된 중여적 농촌공동체의 되돌아옴이다. 프로이트의 말대로 억압된 것은 강박적으로 되돌아온다. 이 끊임없이 되돌아오는 것으로서의 유토피아 지향, 그 자장 속에 김민곤의 시가 놓여 있다. 새마을 운동 이전의 농촌 공동체는 김민곤의 유년이 잠겨 있는 곳이며, 김민곤 시의 기본 토대이고, 현실을 비판적으로 바라보는 유토피아 지향의 정서적 거점이기도 하다. 여기로부터 농촌의 자연과 삶에 현실을 오버랩시키는 김민곤 시의 기본 발상법이 나온다. 이 오버랩 속에서 농촌의 자연과 삶은 현실을 비판하고 뒤엎는 힘으로 발현된다.

저기 좀 보아라
봄은 올해도 아랫마을
청보리밭 뒤흔들고 온다
보드라운 모반의 몸짓
(중략)
봉기하는 봄이다
강가 버들가지마다 물오르듯
우리 보살 보리암에도 단물이 올라
축 처진 반야봉도 봉긋 솟고
두 볼 둔덕에 복사꽃도 활짝 피어
자다가도 자네 벌떡 일어날 봄

그래 여기 봄이 왔단 말이다.

— 김민곤 「봄」 일부

보리밭을 흔들고 가는 봄바람은 현실이 오버랩되면서 모반
의 몸짓으로 되고, 봄의 생명력이 살아나는 아내와 나의 몸은
현실이 오버랩되면서 봉기가 된다. 농촌 공동체의 생명력으
로 현실을 돌파하고 뒤엎는 발상법은 신동엽 시 이후 우리 시

의 뚜렷한 한 맥을 이루고 있는 것이기도 한데 앞에서 살펴본 「두레」와 같은 시의 선이 굵은 사실성은 김민곤 시인만의 더늠이라 할 수 있을 것이다.

더늠이란 판소리 창자가 특정 부분을 무릎을 탁 치고 눈물이 쏙 빠지도록 이면에 맞게 사설과 가락을 바꾸어 자신의 장기로 삼는 것을 말한다. 명창이란 기가 막힌 더늠이 많은 창자이다. 김민곤을 명창이라 일컫게 할 더늠을 기대한다.